Max und Moritz

eine
Bubengeschichte
in
sieben Streichen

von
Wilhelm Busch.

Dreiundfünfzigste Auflage
1906

München
Verlag von Braun und Schneider.

Vorwort.

Ach, was muß man oft von bösen
Kindern hören oder lesen!
Wie zum Beispiel hier von diesen,

Welche Max und Moritz hießen.
Die, anstatt durch weise Lehren
Sich zum Guten zu bekehren,
Oftmals noch darüber lachten
Und sich heimlich lustig machten. —
— Ja, zur Übeltätigkeit,
Ja, dazu ist man bereit! —
— Menschen necken, Tiere quälen,
Äpfel, Birnen, Zwetschgen stehlen —
Das ist freilich angenehmer
Und dazu auch viel bequemer,
Als in Kirche oder Schule
Festzusitzen auf dem Stuhle. —
— Aber wehe, wehe, wehe!
Wenn ich auf das Ende sehe!! —
— Ach, das war ein schlimmes Ding,
Wie es Max und Moritz ging.
— Drum ist hier, was sie getrieben,
Abgemalt und aufgeschrieben.

Erster Streich.

Mancher gibt sich viele Müh'
Mit dem lieben Federvieh;
Einesteils der Eier wegen,
Welche diese Vögel legen,
Zweitens: Weil man dann und wann
Einen Braten essen kann;
Drittens aber nimmt man auch
Ihre Federn zum Gebrauch
In die Kissen und die Pfühle,
Denn man liegt nicht gerne kühle. —

Seht, da ist die Witwe Bolte,
Die das auch nicht gerne wollte.

Ihrer Hühner waren drei
Und ein stolzer Hahn dabei. —
Max und Moritz dachten nun:
Was ist hier jetzt wohl zu tun? —
— Ganz geschwinde, eins, zwei, drei
Schneiden sie sich Brot entzwei,
In vier Teile jedes Stück
Wie ein kleiner Finger dick.
Diese binden sie an Fäden,
Übers Kreuz, ein Stück an jeden,

Und verlegen sie genau
In den Hof der guten Frau. —

Kaum hat dies der Hahn gesehen,
Fängt er auch schon an zu krähen:
Kikeriki! Kikikerikih!!
Tak, tak, tak! — da kommen sie.

Hahn und Hühner schlucken munter
Jedes ein Stück Brot hinunter;

Aber als sie sich besinnen,
Konnte keines recht von hinnen.

In die Kreuz und in die Quer
Reißen sie sich hin und her,

Flattern auf und in die Höh',
Ach herje, herjemineh!

Ach, sie bleiben an dem langen,
Dürren Ast des Baumes hangen. —
— Und ihr Hals wird lang und länger,
Ihr Gesang wird bang und bänger.

Jedes legt noch schnell ein Ei,
Und dann kommt der Tod herbei. —

Witwe Bolte in der Kammer
Hört im Bette diesen Jammer:

Ahnungsvoll tritt sie heraus,
Ach, was war das für ein Graus!

»Fließet aus dem Aug', ihr Tränen!
All' mein Hoffen, all' mein Sehnen,
Meines Lebens schönster Traum
Hängt an diesem Apfelbaum!«

Tiefbetrübt und sorgenschwer
Kriegt sie jetzt das Messer her,
Nimmt die Toten von den Strängen,
Daß sie so nicht länger hängen,

Und mit stummem Trauerblick
Kehrt sie in ihr Haus zurück.

————————————————

Dieses war der erste Streich,
Doch der zweite folgt sogleich.

Zweiter Streich.

Als die gute Witwe Bolte
Sich von ihrem Schmerz erholte,
Dachte sie so hin und her,
Daß es wohl das beste wär',
Die Verstorb'nen, die hienieden
Schon so frühe abgeschieden,
Ganz im stillen und in Ehren
Gut gebraten zu verzehren. —
— Freilich war die Trauer groß,
Als sie nun so nackt und bloß
Abgerupft am Herde lagen,
Sie, die einst in schönen Tagen
Bald im Hofe, bald im Garten
Lebensfroh im Sande scharrten. —

Ach, Frau Bolte weint aufs neu,
Und der Spitz steht auch dabei.
Max und Moritz rochen dieses;
»Schnell aufs Dach gekrochen!« hieß es.

Durch den Schornstein mit Vergnügen
Sehen sie die Hühner liegen,
Die schon ohne Kopf und Gurgeln
Lieblich in der Pfanne schmurgeln. —

Eben geht mit einem Teller
Witwe Bolte in den Keller,

Daß sie von dem Sauerkohle
Eine Portion sich hole,
Wofür sie besonders schwärmt,
Wenn er wieder aufgewärmt. —
— Unterdessen auf dem Dache
Ist man tätig bei der Sache.
Max hat schon mit Vorbedacht
Eine Angel mitgebracht.

Schnupdiwup! da wird nach oben
Schon ein Huhn heraufgehoben;
Schnupdiwup! Jetzt Numro zwei;
Schnupdiwup! Jetzt Numro drei;
Und jetzt kommt noch Numro vier:
Schnupdiwup! Dich haben wir! —
— Zwar der Spitz sah es genau,
Und er bellt: Rawau! Rawau!

Aber schon sind sie ganz munter
Fort und von dem Dach herunter. —
— Na! Das wird Spektakel geben,
Denn Frau Bolte kommt soeben; —
— Angewurzelt stand sie da,
Als sie nach der Pfanne sah.

Alle Hühner waren fort,
»Spitz!« — Das war ihr erstes Wort.

»Oh, du Spitz, du Ungetüm!
Aber wart! ich komme ihm!«

Mit dem Löffel, groß und schwer,
Geht es über Spitzen her;
Laut ertönt sein Wehgeschrei,
Denn er fühlt sich schuldenfrei.

Max und Moritz im Verstecke
Schnarchen aber an der Hecke,
Und vom ganzen Hühnerschmaus
Guckt nur noch ein Bein heraus.

———————————————

Dieses war der zweite Streich,
Doch der dritte folgt sogleich.

Dritter Streich.

Jedermann im Dorfe kannte
Einen, der sich Böck benannte.

Alltagsröcke, Sonntagsröcke,
Lange Hosen, spitze Fräcke,
Westen mit bequemen Taschen,
Warme Mäntel und Gamaschen —
Alle diese Kleidungssachen
Wußte Schneider Böck zu machen. —
Oder wäre was zu flicken,
Abzuschneiden, anzustücken,
Oder gar ein Knopf der Hose
Abgerissen oder lose —
Wie und wo und wann es sei,
Hinten, vorne, einerlei —
Alles macht der Meister Böck,
Denn das ist sein Lebenszweck.
D'rum so hat in der Gemeinde
Jedermann ihn gern zum Freunde. —
— Aber Max und Moritz dachten,
Wie sie ihn verdrießlich machten.
Nämlich vor des Meisters Hause
Floß ein Wasser mit Gebrause.

Übers Wasser führt ein Steg
Und darüber geht der Weg.

Max und Moritz, gar nicht träge,
Sägen heimlich mit der Säge,
Ritzeratze! voller Tücke,
In die Brücke eine Lücke.
Als nun diese Tat vorbei,
Hört man plötzlich ein Geschrei:

»He, heraus! du Ziegen-Böck!
Schneider, Schneider, meck, meck, meck!« —
— Alles konnte Böck ertragen,
Ohne nur ein Wort zu sagen;
Aber, wenn er dies erfuhr,
Ging's ihm wider die Natur.

Schnelle springt er mit der Elle
Über seines Hauses Schwelle,
Denn schon wieder ihm zum Schreck
Tönt ein lautes: »Meck, meck, meck!«

Und schon ist er auf der Brücke,
Kracks! Die Brücke bricht in Stücke;

Wieder tönt es: »Meck, meck, meck!«
Plumps! Da ist der Schneider weg!
G'rad als dieses vorgekommen,
Kommt ein Gänsepaar geschwommen,

Welches Böck in Todeshast
Krampfhaft bei den Beinen faßt.

Beide Gänse in der Hand,
Flattert er auf trocknes Land.

Übrigens bei alle dem
Ist so etwas nicht bequem!

Wie denn Böck von der Geschichte
Auch das Magendrücken kriegte.

Hoch ist hier Frau Böck zu preisen!
Denn ein heißes Bügeleisen,
Auf den kalten Leib gebracht,
Hat es wieder gut gemacht.

— Bald im Dorf hinauf, hinunter,
Hieß es, Böck ist wieder munter.

———————————

Dieses war der dritte Streich,
Doch der vierte folgt sogleich.

Vierter Streich.

Also lautet ein Beschluß:
Daß der Mensch was lernen muß. —
Nicht allein das A-B-C
Bringt den Menschen in die Höh';
Nicht allein im Schreiben, Lesen
Übt sich ein vernünftig Wesen;
Nicht allein in Rechnungssachen
Soll der Mensch sich Mühe machen;
Sondern auch der Weisheit Lehren
Muß man mit Vergnügen hören.

Daß dies mit Verstand geschah,
War Herr Lehrer Lämpel da. —
— Max und Moritz, diese beiden,
Mochten ihn darum nicht leiden;
Denn wer böse Streiche macht,
Gibt nicht auf den Lehrer acht.
Nun war dieser brave Lehrer
Von dem Tobak ein Verehrer,
Was man ohne alle Frage
Nach des Tages Müh und Plage
Einem guten, alten Mann
Auch von Herzen gönnen kann. —
— Max und Moritz, unverdrossen,
Sinnen aber schon auf Possen,
Ob vermittelst seiner Pfeifen
Dieser Mann nicht anzugreifen. —

— Einstens, als es Sonntag wieder
Und Herr Lämpel brav und bieder

In der Kirche mit Gefühle
Saß vor seinem Orgelspiele,
Schlichen sich die bösen Buben
In sein Haus und seine Stuben,
Wo die Meerschaumpfeife stand;
Max hält sie in seiner Hand;

Aber Moritz aus der Tasche
Zieht die Flintenpulverflasche,
Und geschwinde, stopf, stopf, stopf!
Pulver in den Pfeifenkopf. —
Jetzt nur still und schnell nach Haus,
Denn schon ist die Kirche aus. —

Eben schließt in sanfter Ruh'
Lämpel seine Kirche zu;
Und mit Buch und Notenheften,
Nach besorgten Amtsgeschäften,

Lenkt er freudig seine Schritte
Zu der heimatlichen Hütte,

Und voll Dankbarkeit sodann,
Zündet er sein Pfeifchen an.

»Ach!« — spricht er — »die größte Freud'
Ist doch die Zufriedenheit!«

Rums! Da geht die Pfeife los
Mit Getöse, schrecklich groß.
Kaffeetopf und Wasserglas,
Tabaksdose, Tintenfaß,
Ofen, Tisch und Sorgensitz —
Alles fliegt in [im] Pulverblitz.

Als der Dampf sich nun erhob,
Sieht man Lämpel, der gottlob!
Lebend auf dem Rücken liegt;
Doch er hat was abgekriegt.

Nase, Hand, Gesicht und Ohren
Sind so schwarz als wie die Mohren,
Und des Haares letzter Schopf
Ist verbrannt bis auf den Kopf.
Wer soll nun die Kinder lehren
Und die Wissenschaft vermehren?
Wer soll nun für Lämpel leiten
Seine Amtestätigkeiten?
Woraus soll der Lehrer rauchen,
Wenn die Pfeife nicht zu brauchen?

Mit der Zeit wird alles heil,
Nur die Pfeife hat ihr Teil.

———————————————

Dieses war der vierte Streich,
Doch der fünfte folgt sogleich.

Fünfter Streich.

Wer im Dorfe oder Stadt
Einen Onkel wohnen hat,
Der sei höflich und bescheiden,
Denn das mag der Onkel leiden. —
— Morgens sagt man: »Guten Morgen!
Haben Sie was zu besorgen?«
Bringt ihm, was er haben muß:
Zeitung, Pfeife, Fidibus. —
Oder sollt' es wo im Rücken
Drücken, beißen oder zwicken,
Gleich ist man mit Freudigkeit
Dienstbeflissen und bereit. —
Oder sei's nach einer Prise,
Daß der Onkel heftig niese,
Ruft man: »Prosit!« allsogleich,
»Danke, wohl bekomm' es euch!« —
[»Danke,« - »wohl bekomm' es euch!« —]
Oder kommt er spät nach Haus,
Zieht man ihm die Stiefel aus,
Holt Pantoffel, Schlafrock, Mütze,
Daß er nicht im Kalten sitze, —
Kurz, man ist darauf bedacht,
Was dem Onkel Freude macht. —
— Max und Moritz ihrerseits
Fanden darin keinen Reiz. —
— Denkt euch nur, welch' schlechten Witz
Machten sie mit Onkel Fritz!
Jeder weiß, was so ein Mai–
Käfer für ein Vogel sei.

In den Bäumen hin und her
Fliegt und kriecht und krabbelt er.

Max und Moritz, immer munter,
Schütteln sie vom Baum herunter.

In die Düte von Papiere
Sperren sie die Krabbeltiere.

Fort damit und in die Ecke
Unter Onkel Fritzens Decke!

Bald zu Bett geht Onkel Fritze
In der spitzen Zippelmütze;
Seine Augen macht er zu,
Hüllt sich ein und schläft in Ruh.

Doch die Käfer, kritze, kratze!
Kommen schnell aus der Matratze.

Schon faßt einer, der voran,
Onkel Fritzens Nase an.

»Bau!« schreit er — »Was ist das hier?«
Und erfaßt das Ungetier.

Und den Onkel voller Grausen
Sieht man aus dem Bette sausen.

»Autsch!« — Schon wieder hat er einen
Im Genicke, an den Beinen;

Hin und her und rund herum
Kriecht es, fliegt es mit Gebrumm.

Onkel Fritz, in dieser Not,
Haut und trampelt alles tot.

Guckste wohl! Jetzt ist's vorbei
Mit der Käferkrabbelei!

Onkel Fritz hat wieder Ruh'
Und macht seine Augen zu.

―――――――――――――

Dieses war der fünfte Streich,
Doch der sechste folgt sogleich.

Sechster Streich.

In der schönen Osterzeit,
Wenn die frommen Bäckersleut'
Viele süße Zuckersachen
Backen und zurechte machen,
Wünschten Max und Moritz auch
Sich so etwas zum Gebrauch.

Doch der Bäcker, mit Bedacht,
Hat das Backhaus zugemacht.

Also will hier einer stehlen,
Muß er durch den Schlot sich quälen.

Ratsch! Da kommen die zwei Knaben
Durch den Schornstein, schwarz wie Raben.

Puff! Sie fallen in die Kist',
Wo das Mehl darinnen ist.

Da! Nun sind sie alle beide,
Rund herum so weiß wie Kreide.

Aber schon mit viel Vergnügen
Sehen sie die Brezeln liegen.

Knacks! — Da bricht der Stuhl entzwei;

Schwapp! — Da liegen sie im Brei.

Ganz von Kuchenteig umhüllt,
Steh'n sie da als Jammerbild. —

Gleich erscheint der Meister Bäcker
Und bemerkt die Zuckerlecker.

Eins, zwei, drei! — eh' man's gedacht,
Sind zwei Brote d'raus gemacht.

In dem Ofen glüht es noch —
Ruff! — damit ins Ofenloch!

Ruff! man zieht sie aus der Glut;
Denn nun sind sie braun und gut. —

Jeder denkt, die sind perdü!
Aber nein — noch leben sie.

Knusper, Knasper! — wie zwei Mäuse
Fressen sie durch das Gehäuse;

Und der Meister Bäcker schrie:
»Ach herrjeh! da laufen sie!«

———————————————

Dieses war der sechste Streich,
Doch der letzte folgt sogleich.

Letzter Streich.

Max und Moritz, wehe euch!
Jetzt kommt euer letzter Streich!

Wozu müssen auch die beiden
Löcher in die Säcke schneiden?

Seht, da trägt der Bauer Mecke
Einen seiner Maltersäcke.

Aber kaum, daß er von hinnen,
Fängt das Korn schon an zu rinnen.

Und verwundert steht und spricht er:
»Zapperment! dat Ding werd lichter!«

Hei! Da sieht er voller Freude
Max und Moritz im Getreide.

Rabs! — in seinen großen Sack
Schaufelt er das Lumpenpack.

Max und Moritz wird es schwüle,
Denn nun geht es nach der Mühle. —

»Meister Müller, he, heran!
Mahl er das, so schnell er kann!«

»Her damit!« Und in den Trichter
Schüttelt er die Bösewichter. —

Rickeracke! Rickeracke!
Geht die Mühle mit Geknacke.

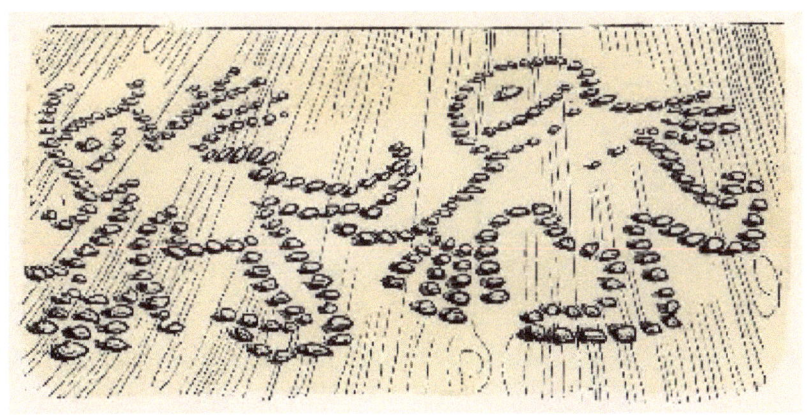

Hier kann man sie noch erblicken
Fein geschroten und in Stücken.

Doch sogleich verzehret sie

Meister Müllers Federvieh.

Schluß.

Als man dies im Dorf erfuhr,
War von Trauer keine Spur. —
— Witwe Bolte, mild und weich,
Sprach: »Sieh' da, ich dacht' es gleich!« —
— »Ja, ja, ja!« rief Meister Böck,
»Bosheit ist kein Lebenszweck!«
— Drauf so sprach Herr Lehrer Lämpel:
»Dies ist wieder ein Exempel!« —
— »Freilich!« meint der Zuckerbäcker,
»Warum ist der Mensch so lecker!« —
— Selbst der gute Onkel Fritze
Sprach: »Das kommt von dumme Witze!« —
— Doch der brave Bauersmann
Dachte: »Wat geiht meck dat an!« —
— Kurz im ganzen Ort herum
Ging ein freudiges Gebrumm:
»Gott sei Dank! Nun ist's vorbei
Mit der Übeltäterei!!«

Reprint Publishing

Für Menschen, Die Auf Originale Stehen.

Bei diesem Buch handelt es sich um einen Faksimile-Nachdruck der Originalausgabe. Unter einem Faksimile versteht man die mit einem Original in Größe und Ausführung genau übereinstimmende Nachbildung als fotografische oder gescannte Reproduktion.

Faksimile-Ausgaben eröffnen uns die Möglichkeit, in die Bibliothek der geschichtlichen, kulturellen und wissenschaftlichen Vergangenheit der Menschheit einzutreten und neu zu entdecken.

Die Bücher der Faksimile-Edition können Gebrauchsspuren, Anmerkungen, Marginalien und andere Randbemerkungen aufweisen sowie fehlerhafte Seiten, die im Originalband enthalten sind. Diese Spuren der Vergangenheit verweisen auf die historische Reise, die das Buch zurückgelegt hat.

ISBN 978-3-95940-213-2

Made in Germany

www.reprintpublishing.com